CONFÉRENCE

DU

REZ-DE-CHAUSSÉE

VERSAILLES. — IMPRIMERIE CERF, RUE DU PLESSIS, 59.

CONFÉRENCE

DU

REZ-DE-CHAUSSÉE

ÉTUDE LITTÉRAIRE

SUR

BÉRANGER

LUE PAR M. A. DUPOND

A la séance du 5 juin 1862

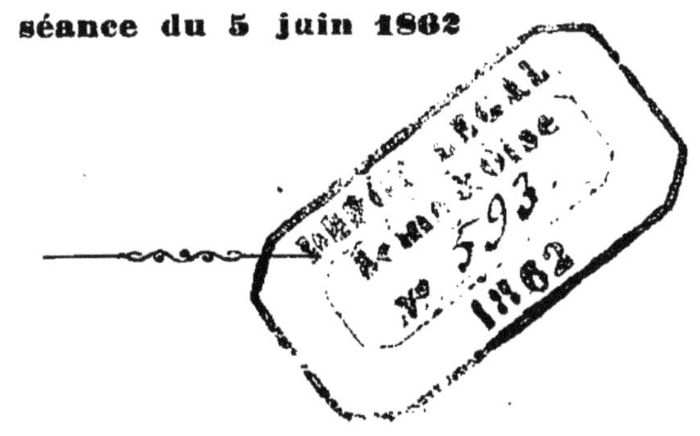

VERSAILLES

IMPRIMERIE CERF, RUE DU PLESSIS, 59

1862

A MON CHER AMI

EMMANUEL LEGER

BÉRANGER

PREMIÈRES CHANSONS

Il y a deux sortes de chansons qui toutes deux, et dans presque tous les temps, ont fleuri en France. La chanson politique qui vengeait Henri III des Guises, et le peuple d'Henri III, comme elle consola plus tard les Parisiens des succès et des retours du Mazarin, et la *gaie chanson*, comme l'appelaient nos pères, celle qu'on entonne dans les champs ou après boire, et dont le vin, la campagne et les filles font le plus souvent tous les frais. Dans celle-ci, que de noms illustres : Panard, Vadé, Collé, et toute la société du Caveau avec Désaugiers ! La chanson politique a produit plus peut-être de bonnes pièces, mais elle a moins de noms célèbres : soit que les auteurs eux-mêmes aient, par prudence, caché leur nom ; soit que ces chansons, ne pouvant que difficilement être imprimées, se soient plutôt répandues par la mémoire, et qu'ainsi le nom du poète soit tombé dans l'oubli.

C'est surtout cette dernière où Béranger a excellé. Malgré toute sa bonne volonté d'être gai convive, il est plus malin que joyeux, et aime mieux faire sourire que rire lui-même. Sa gaîté a quelque chose de forcé, de contraint. C'est un habit qu'il se croit obligé de revêtir de temps à autre et où il n'est pas à l'aise. Combien dans ce genre Désaugiers a de supériorité sur lui! Quel naturel, quelle grâce, quelle aisance! On sent que le poète rit lui-même en chantant, tandis que Béranger s'évertue à nous faire rire.

Ce n'est point que Béranger, dans cette seconde sorte de chansons, soit tout à fait sans mérite. Il est d'abord certain que dans la conception et la distribution de son plan, il surpasse le poète auquel nous le comparions tout à l'heure. Son idée n'est jamais commune ni banale. Ainsi c'est la fortune qu'il représente frappant à sa porte, c'est la bouquetière rejetant les vœux du croque-mort, c'est l'amour qui lui dérobe sa bouteille. La composition est savante et dramatique avec un air de simplicité qui sied merveilleusement. Mais pourquoi faut-il que l'exécution ne réponde pas à la composition? Dans ce genre de pièces chez Béranger, abonde ce que de tout temps on a appelé le vieux style : les *atours*, les *attraits*, les *appas*, les *charmes*; les noms d'*Iris*, de *Mondor*, de *Lindor* se pressent sous sa plume. Son style même y est bien inférieur au style des chansons politiques. Il n'est pas toujours poétique, et on y relèverait parfois des obscurités presque inintelligibles. — Prenons par exemple un des chefs-d'œuvre de Béranger dans ce genre : *ma Grand'Mère* :

Maman, *Lindor* savait donc plaire?
— Oui, seul il me plut quatre mois;
Mais bientôt *j'estimai Valère,*
Et fis deux heureux à la fois.

Combien je regrette..., etc.

L'euphémisme de *j'estimai* n'est certainement là que pour la mesure. Et quant au vers qui le suit, il est difficile d'en trouver un plus commun.

Ces défauts sont surtout sensibles dans une des premières chansons de Béranger, la *Bacchante,* qui cependant, quand parut le recueil, obtint un certain succès. On aurait peine à imaginer aujourd'hui quelque chose de plus prosaïque et de plus froid. Désaugiers et les autres chansonniers ne se piquent guère de morale, mais au moins supposent-ils la passion, et c'est cette passion qui nous fait leur pardonner et goûter même leur poésie. Mais ici, comme malheureusement dans plusieurs des chansons de Béranger, c'est la débauche, l'orgie pour elles-mêmes, froides et sans amour : c'est l'ardeur brutale des sens qui se satisfait :

Cher amant, je cède à tes désirs,
De champagne enivre Julie.....

Tel est le début de cette pièce célèbre qui se continue sur le même ton.

Êtes-vous curieux, messieurs, de logogriphes à deviner; j'en trouve deux dans cette chanson que j'offre aux Œdipes:

Dieux! baise ma gorge brûlante,
Et taris l'écume enivrante
Dont tu te plais à l'arroser.

Et celui-ci :

De mes désirs mal apaisés,
Ingrat, si tu pouvais te plaindre,
J'aurais du moins pour les éteindre,
Le vin où je les ai puisés (1).

En prose, messieurs, cela veut dire que le vin a la propriété de surexciter d'abord, puis d'apaiser les sens. Il était bon de vous en avertir.

Le chant des gueux, si vanté, n'est pas à l'abri de

(1) J'avouerai même tout bas que je n'ai jamais pu bien comprendre les deux vers suivants d'une des plus belles pièces de notre chansonnier :

Pour moi, le temps semble dans sa vitesse
Compter deux fois les jours que j'ai perdus.

Que de mots pour dire sans doute que le temps semble avoir passé bien vite!

tout reproche. On y relèverait avec raison des lieux communs. Ce n'est une pensée précisément neuve que la grandeur ne guérit pas de l'ennui ; et n'y a-t-il pas quelque déclamation dans ces vers :

D'un faste qui vous étonne,
L'exil punit plus d'un grand.
Diogène, dans sa tonne,
Brave en paix un conquérant.

Cette autre si connue et à juste titre :

Allons, Babet, il est bientôt dix heures...

mérite les mêmes observations. Sans chercher par exemple ce que veulent dire ces vers :

A mon coucher ton aimable présence
Pour ton bonheur ne sera pas sans fruit,

lisons ensemble le troisième couplet :

N'expose plus à des travaux pénibles
Cette main douce et ce teint des plus frais,
Auprès de moi coule des jours paisibles,
Que mille *atours* relèvent tes *attraits*.
L'amour par eux m'a rendu sa puissance :
Ne vois-tu pas son flambeau qui nous luit ?
Allons, Babet, un peu de complaisance :
Un lait de poule et mon bonnet de nuit.

Ce couplet est plat ; mais, défaut plus grave et qu'il

faut noter, parce qu'il est heureusement très-rare chez Béranger, commun et inutile. Je ne reviens pas sur les *atours* et les *attraits* : mais qu'est-ce que

L'Amour par eux m'a rendu sa puissance,

et

Ne vois-tu pas son flambeau qui nous luit ?

tout cela est vague et ne signifie rien. De quel flambeau s'agit-il? sans doute de celui dont la mythologie faisait l'attribut ordinaire de l'Amour. Cela est bien mauvais; mais je ne vois pas quelle meilleure explication on pourrait donner.

Ce sont donc là deux méchants vers : il y en a malheureusement quelques-uns dans les meilleures pièces de Béranger. La raison n'en serait pas difficile à trouver. La poésie française a une grande difficulté qu'il faut rendre responsable des trois quarts au moins des mauvais vers qui se font dans notre langue : la rime. La chanson double cette difficulté en y joignant celle du refrain. Il faut savoir amener l'une et l'autre, et Béranger n'y réussit pas toujours. Le refrain ici est sans doute très-heureux, mais il nous coûte un peu cher. Heureusement pour l'auteur, nous l'avons retenu par cœur, nous l'attendons, et nous faisons peu d'attention aux vers qui le précèdent.

Désaugiers que j'aime à citer dans cette première partie de mon travail, parce que bientôt je n'aurai plus à le faire, nous a laissé également un vieux célibataire auquel, sans hésiter, je donne la préférence. Je ne puis tout citer : mais que dites-vous, messieurs, de ces couplets :

Conduisez-vous madame au bal ;
N'en déplaise au nœud conjugal,
Il faut, de peur du ridicule,
Souffrir que votre effet circule.
Le bon ton vous en fait la loi.
Elle est à Pierre, à Paul, à moi.
Ce que j'en dis n'est pas que je vous blâme.
Car j'aime beaucoup que l'on prenne une femme,
Car j'aime que l'on prenne une femme.

Enfin, le premier feu passé,
L'un de l'autre bientôt lassé,
Pour couronner gaîment l'affaire,
On finit, messieurs par vous faire....
Mais je vous vois déjà trembler.
De quoi vais-je aussi me mêler?
Ce que j'en dis n'est pas que je vous blâme,
Car j'aime beaucoup que l'on prenne une femme,
Car j'aime que l'on prenne une femme.

Béranger est plus élégant, je vous l'accorde sans peine, il a une plus grande science de la langue et du style, mais Désaugiers a plus de laisser aller. Son célibataire est plus vrai et plus naturel. C'est celui que nous connaissons tous; nous le voyons vivre, il nous amuse et nous égaie. Celui de Béranger nous fait sourire, mais il est moins vrai.

On sent que, dans ce genre de la chanson légère, Béranger n'est qu'imitateur. Et il lui était difficile de ne l'être pas. Depuis le temps qu'il y a des chansons en France, toutes les formes, toutes les manières ont été épuisées. Il y a mis plus d'esprit et de science que n'ont fait la plupart de ses devanciers, mais il a suivi la même route qu'eux. C'est toujours cette vieille veine gauloise, égrillarde et médisante, amie des bons mots, et même des gros mots, trouvant tout bon, du moment qu'il fasse rire. L'esprit moderne n'a fait que l'aiguiser. Il lui a donné plus de malice. On en voit moins la pointe, mais c'est qu'elle est plus fine; elle enfonce mieux et pique davantage. C'est d'elle que procèdent Montaigne, La Fontaine, Molière, ces écrivains qu'on a pu appeler classiques, parce qu'ils sont grands et bons, mais qui diffèrent essentiellement de ceux auxquels ce titre est vraiment dû. Béranger est de leur école, de leur race. La philosophie du plaisir, voilà sa doctrine :

> Le plaisir rend l'âme si bonne,

et il ne s'en cache pas. On trouverait même qu'il s'en est trop glorifié. Volontiers, il s'écrierait que lui aussi *veut être épicurien.* Malheureusement tout cela a été dit et écrit. Béranger n'a pu que le redire, et ç'a été son malheur.

Mais le vrai titre de gloire de Béranger est autre part : ce sont ses chansons politiques où il n'a pas eu de rival et auxquelles il devra l'immortalité de sa mémoire. On sait dans quelle circonstance elles naquirent. Après les désastres de la campagne de 1812, lorsque tous les cœurs en France comme à l'étranger, espéraient enfin la paix, on apprend que l'illustre vaincu se prépare à la bataille de Lützen. Béranger déjà connu par la protection de Lucien et d'Arnaud, ainsi que par les recueils du temps où il avait inséré quelques poésies, fait et laisse courir manuscrite la chanson du *roi d'Yvetot*. C'était la première fois qu'il s'essayait dans la satire et l'allusion politique. Quelques chansons qu'il avait déjà faites, et dont la plupart n'ont point été imprimées, ne sont que des couplets de circonstance, aussi bons que le peuvent être toutes les pièces de ce genre, mais, en général, parfaitement dignes de l'oubli où elles sont restées. *Le roi d'Yvetot*, fut pour le public, et peut-être pour Béranger lui-même, une révélation de son talent. C'était en même temps un acte de courage, car le despotisme impérial n'entendait pas raillerie, et goûtait peu les leçons. Béranger du reste n'était pas hostile au gouvernement. Sans se dissimuler tout ce que cette gloire éclatante cachait d'oppression, il se consolait, comme tout le monde alors, de la perte de la liberté par l'éclat donné à nos armes. Chacune de nos victoires lui était chère, et je gagerais volontiers que dans le fond de son âme, il regardait le *roi d'Yvetot*, plutôt comme une boutade que comme la vraie expression de ses désirs. Mais le gouvernement impérial eût tenu peu de compte de la bonne volonté de Béranger, sans les affaires qui survinrent et forcèrent l'Empereur à s'occuper de plus graves intérêts. Toutefois, Béranger avait vu le péril de trop près, et il s'abstint, par prudence, de chansonner l Empire. L'invasion de la France, le retour et la chute des Bourbons, leur seconde restauration et leurs fautes, lui fournissaient des sujets plus patriotiques, et, en même temps, moins dangereux. C'est désormais à leurs dépens qu'il s'égaiera, et s'il parle encore de l'empereur, ce ne sera plus que pour lui dresser un autel.

Le roi d'Yvetot est la première, et peut-être la plus parfaite des chansons de Béranger ; à ce double titre, permettez-moi d'insister sur elle. On pourrait souvent qualifier de *laborieuse* la perfection de Béranger, que de fois en effet ses chansons *sentent l'huile*! Ici le travail a disparu, on ne voit plus que la facilité qui en est le fruit. La composition ne laisse rien à désirer. Voyez le début :

Il était un roi d'Yvetot,
 Peu connu dans l'histoire,
Se levant tard, se couchant tôt,
 Dormant fort bien sans gloire,
Et couronné par Jeanneton,
D'un simple bonnet de coton....

Comme chaque vers porte coup! Ce n'est cependant que l'exposition, l'entrée en matière, et déjà le contraste du bon prince avec l'empereur, le refrain qui est l'éloge de ce bon petit roi, indique le caractère de tout le morceau. La suite développera toutes les conséquences de ce dédain de la gloire, dont la principale est le bonheur du peuple et celui même du roi. Aussi ce bon prince

Pour toute garde il n'avait rien
 Qu'un chien ;

aussi

Ce n'est que lorsqu'il expira
Que le peuple qui l'enterra
 Pleura.

Quelle vive satire des douze cent mille hommes que Napoléon entraînait à sa suite, et comme ces trois derniers vers font penser au prix dont le peuple payait cette gloire militaire. Ce n'est pas ainsi que le roi d'Yvetot faisait couler les larmes de son peuple, ce bon peuple dont la mort de son roi fut le premier chagrin.

Je voudrais aussi faire remarquer la composition de cette pièce, pour m'expliquer une fois pour toutes sur la composition de Béranger. La donnée est toujours d'une simplicité extrême. Si la simplicité est nécessaire dans les ouvrages de l'esprit, si elle est la condition essentielle de la perfection, combien encore est-elle plus nécessaire, s'il se peut, dans une pièce qui ne comporte qu'une médiocre étendue, et qui n'est bonne qu'à la condition d'être courte. Tel est le caractère de l'ode, de l'élégie, de la chanson. Une seule idée, annoncée dès le début, et développée par deux ou trois de ses côtés principaux, mais en sorte cependant que le développement soit une gradation continuelle, telle est la loi de ces petits poèmes. Béranger n'y manque que dans ses mauvais jours. Le plus souvent il l'observe, et il y joint, ce qui est peut-être le charme le plus grand de sa poésie, un art merveilleux de représenter à l'esprit les choses dont il parle. Voyez *le roi d'Yvetot*, comme chacun des couplets est un tableau achevé ! Béranger nous dit à la fin de sa chanson qu'un cabaret a pris ce bon monarque pour enseigne; je suis persuadé que le tableau du peintre ne vaut pas celui du poète. Le voyez-vous ce roi, parcourant son royaume monté sur son âne et escorté de son chien;

avec quel amour ses sujets lui apportent leur tribut, qui est un pot de vin, et lui aident à le boire! Puis vient la satire habilement ménagée au tableau, et le faisant valoir :

> Il n'agrandit point ses Etats,
> Fut un voisin commode.

On sait à qui et ces tableaux et ces appréciations s'adressent; on sait quel est le prince, le voisin incommode dont la constante préoccupation est l'agrandissement de ses Etats; et le soin de l'artiste ne nous laisse pas oublier le but du chansonnier, qui est tout politique.

C'est ici qu'il faut remarquer que la nature de Béranger était douée surtout de qualités fines et mordantes; et que, s'il a mieux réussi dans la chanson politique que dans l'autre genre, c'est là surtout qu'il faut en chercher l'explication. Il a de l'esprit, beaucoup d'esprit, mais moins de sentiment et d'élévation dans les idées. Non qu'il en soit complétement dépourvu, et à Dieu ne plaise qu'on interprète ainsi ma pensée; je reviendrai à la fin de cette étude sur ce point et je m'expliquerai mieux. Ici je veux constater que la nature de Béranger est essentiellement frondeuse, comme celle de Paul-Louis Courier, avec lequel il a plus d'un rapport. Tous les deux, sous l'empire, ne ménagent pas à l'empereur leurs épigrammes et tous deux, à la chute de son gouvernement, continuent à la restauration cette guerre d'escarmouches commencée sous un autre règne. Ils furent libéraux sous les deux gouvernements, mais se laissèrent volontiers appeler bonapartistes sous la restauration. Tous les deux ont contribué au renversement de cette dynastie, et les pamphlets de l'un tendaient au même but que les chansons de l'autre. Et il est probable que cette humeur chagrine n'eût pas cessé avec le régime des Bourbons, et que, s'il eût vécu, Courier, comme Béranger, ne se fût pas rallié à la branche d'Orléans. On se figure mal ces deux hommes contents d'un gouvernement quelconque; non qu'ils n'aient pas un idéal qu'ils appellent de tous leurs vœux, mais parce que cet idéal ne se saurait réaliser, et que le fût-il, ces deux écrivains perdraient leur originalité et leur caractère. Ils ne peuvent louer, il faut qu'ils critiquent ou qu'ils se taisent.

La qualité dominante des talents ainsi faits, c'est l'esprit. Si vous voulez voir comment se traduit cet esprit, lisez toutes ces chansons qu'incriminait le procureur du roi; lisez *le Marquis de Carabas*, lisez *les Capucins*, lisez *le Ventru*, *Halte-là*, où, sous prétexte de souhaiter la fête d'un de ses amis, il raille tous ses juges; lisez ce couplet de *la Faridondaine* :

Biribi veut dire en latin
L'homme de Sainte-Hélène,
Barbari c'est, j'en suis certain,
Un peuple qu'on enchaîne.
Mon ami, ce n'est pas le roi,
Et *faridondaine*
Attaque la foi....

Lisez *le Trembleur*,

A peine j'ose vous promettre
De vous rendre encor vos saluts,
Votre vertu pourrait me compromettre.... .

l'Enrhumé :

Mais la charte encor nous défend;
Du roi c'est l'immortel enfant :
Il l'aime, on le présume.

et les deux lignes de points qui suivent ce dernier vers, et qui sont le plus fort argument que M. de Marchangy invoquait dans son réquisitoire.

Je pourrais vous citer bien d'autres couplets; j'aime mieux vous renvoyer au volume que vous connaissez tous, et surtout aux chansons datées de Sainte-Pélagie ou de la Force. Vous verrez de quels sarcasmes il poursuit le gouvernement. Vous y verrez toujours cet esprit sémillant se révélant de mille manières; ne redoutez pas la fatigue, la variété vous l'épargnera. Béranger prend toutes les formes. Tantôt il s'adresse à sa muse et trouve moyen, sous le couvert du nom de Boileau, de donner au clergé un coup de griffe :

La justice nous appelle
De l'autre côté de l'eau;
Voici la Sainte-Chapelle
Où l'on pria pour Boileau.
S'il renaissait, ce grand maître,
Le clergé, remis en train,
En prison ferait peut-être
Fourrer l'auteur du Lutrin.

Tantôt un vieux soldat, sous prétexte de l'ordre du jour, dialogue avec son conscrit :

Notre ancien, quel sera not' partage?
— Mon p'tit, les coups d'cann' reviendront;
Et puis, suivant le vieil usage,
Les nobles seuls avanceront.
Oui, s'lon notre origine,
Nous aurons pour régal,
Nous, l'bâton d'discipline,
Eux, l'bâton d'maréchal.

Et, sur ce couplet, permettez-moi une digression. J'ai tout à l'heure rapproché Béranger de Paul-Louis; je vous ai montré le rapport de leur caractère et de leur humeur. Voici une preuve éclatante de cette ressemblance. Je ne sais si Béranger en avait conscience; mais il lisait beaucoup, et il n'y aurait rien d'étonnant à ce qu'il eût imité chez le vigneron de Véretz ce qui lui semblait bon à prendre. Rapprochez de ce couplet les lignes suivantes de Courier :

« —Dites-moi, mon lieutenant, on va rétablir tout ce qui était jadis? — Assurément, mon cher..... — Dites-moi, mon lieutenant, ce bon temps-là, c'était le temps des coups de bâton, de la *schlague* pour les soldats? — Que veux-tu que je te dise? je n'y étais pas..... — Et, s'il vous plaît, il dit, ce monsieur Benjamin, que tout cela n'était pas bien?.... — Oui, c'est un drôle qui blâme généralement tout ce qui se faisait alors..... — Mais je hais les coups de bâton. —Tu as tort, mon ami, tu ne sais pas ce que c'est; ils ne déshonorent point, quand on les reçoit d'un chef ou bien d'un camarade. Que moi, ton lieutenant, je te donne la bastonnade, tu la donnes au soldat, en qualité de sergent; c'est là l'ordre. — Mais, mon lieutenant, qui vous la donnera? — A moi? Personne, j'espère; je suis gentilhomme.... C'est là la discipline des puissances. Tous bâtonnent le soldat; ce sont nos bons amis, il faut faire comme eux. Martin-bâton commande les troupes de la Sainte-Alliance. — Ma foi, mon lieutenant, je n'ai pas grande envie de servir sous ce général. Et puis, je vous l'avoue, j'aime l'avancement. Je voudrais devenir, s'il y avait moyen, maréchal. — Oui, j'entends, tu voudrais devenir maréchal-des-logis; je te protégerai.— — Non. — Quoi! maréchal-ferrant? — Ce n'est pas cela. — Propos séditieux! Moi, noble, ton lieutenant, je suis de la haute classe : toi, fils de mon fermier, tu es de la basse classe.... — Pardon, mon lieutenant, vous voulez devenir capitaine, colonel, puis général? — A mon tour. —Puis maréchal de France? Pourquoi non?— Et moi je reste sergent?... »

J'abrége cette citation ; mais n'est-ce point là, messieurs, la même inspiration ? Je ne prétends pas comparer les deux morceaux. Ici, Courier est supérieur à Béranger : et il n'en peut pas être autrement. Béranger, chez qui cette idée de la bastonnade et de l'avancement est seulement accessoire, ne peut que l'indiquer ; le genre de la chanson se refuse à de plus longs développements. Je voulais seulement saisir au passage une trace évidente de ressemblance, et vous la montrer.

Du reste, messieurs, qu'importerait ici l'infériorité littéraire de Béranger ? Courier s'adresse à un public lettré et difficile, aux esprits délicats que doit surtout charmer la finesse de la pensée et l'atticisme du style ; Béranger n'écrit pas pour être lu, l'élégance du style est, en quelque sorte, de surcroît chez lui. La partie du peuple à laquelle il s'adresse ne lit pas, et souvent elle ne sait pas lire. Mais elle chante ; et c'est par ses refrains que Béranger prétend l'instruire. Elle est la plus nombreuse, et pour toute littérature n'a que les chansons.

Cette digression un peu longue m'a dérangé de mon plan. Est il nécessaire d'insister beaucoup sur ce caractère de variété, dont je vous parlais tout-à-l'heure ? La variété a cela de particulier, que ce n'est pas une qualité qui saute aux yeux d'abord. On s'aperçoit vite de la monotonie ; l'absence de variété dans un ouvrage ennuie et fatigue ; mais la variété a un charme doux, elle se laisse plutôt deviner que voir. Elle ressemble en cela au bonheur qu'on ne sent jamais mieux que lorsqu'on l'a perdu. Mais il suffira de vous avoir indiqué cette rare et précieuse qualité de notre chansonnier ; vos souvenirs ne me contrediront pas.

Un des premiers caractères de Béranger que je vous aie indiqués, c'est son courage. Il faut voir comme ce courage croît avec les années. *Le roi d'Yvetot*, était la première démonstration politique de notre poète : il renonce à s'attaquer à l'Empereur qui ne badinait guère avec l'opposition, de quelque genre qu'elle fût : mais sa verve mordante a besoin d'un aliment. Il faut qu'il fronde quelque chose, et il nous donne *le Sénateur* et *l'Académie et le Caveau*.

Les Bourbons rentrent ; délivré de la tyrannie, Béranger respire à l'aise un moment. La liberté va sans doute renaître, et l'on pouvait l'imposer au roi. Le poète partage un moment cette illusion ; c'est à cette disposition d'esprit que nous devons la chanson du *bon Français*. Mais déjà en 1815 la raillerie se montre, timide et réservée sans doute, soit que le poète éprouvât quelque honte à chanter si promptement la palinodie, soit qu'il ne sût encore comment les Bourbons entendraient la plaisanterie. Mais écoutez ce couplet :

Sans me lasser de vos chaînes,
J'invoquai la liberté;
Du nom de Rome et d'Athènes
J'effrayai votre gaîté,
Quoiqu'au fond je me défie
De nos modernes Titus,
  Rassurez-vous, ma mie,
  Je n'en parlerai plus.

Voilà le prélude de l'attaque qui chaque jour deviendra plus hardie. En 1816 *le Marquis de Carabas, le Juge de Charenton* et *la Cocarde blanche*, en 1817 *Monsieur Judas*, en 1819 *les Capucins* et *les deux Ventrus*, en 1820, *l'Enrhumé*, *la Faridondaine*, et *le Trembleur* sont autant de coups que Béranger porte successivement aux Bourbons. Jusque là cependant il ne fait qu'user d'un droit incontestable, celui qu'a tout citoyen de dénoncer les abus et d'en demander la répression. Mais il va plus loin ; il s'avance sur un terrain où notre sympathie ne peut le suivre ; il s'attaque à trois reprises à la personne même du roi. Vous n'approuverez, messieurs, je le sais, aucune attaque personnelle ; mais s'il y en a une condamnable, c'est celle-ci. Je ne veux pas, et ce n'est nullement mon sujet, faire le panégyrique de Louis XVIII, mais comment pardonner à Béranger une invective aussi injuste que sanglante? Certes nul ne niera l'habileté merveilleuse avec laquelle ce roi gouverna. Il sut être libéral autant qu'il le pouvait dans les circonstances, et il le fut plus que la chambre et plus que ses ministres. Qu'importe ? Béranger ne lui tient compte ni de ses tendances, dignes d'éloges cependant chez un Bourbon, ni des difficultés de la situation ; il va jusqu'à se rire des infirmités et de la vieillesse du prince :

Notre vieux roi, caché dans ces tourelles,
Louis, dont nous parlons tout bas,
Veut essayer, au temps des fleurs nouvelles,
S'il peut sourire à nos ébats....

L'allusion était claire ; le coup pourtant ne porta pas. Le roi eut plus d'esprit que le poète, et ne voulut pas se reconnaître dans le portrait.

Il semble du reste que le talent de Béranger se refusât au mauvais emploi qu'il en faisait. Je ne sais quel succès eut cette pièce, elle n'en méritait aucun. Il a toujours été difficile de tourner en ridicule la vieillesse et les infirmités qu'elle apporte. Béranger ne réussit guère à nous faire rire de Louis XVIII. Qu'il le compare à Denys, faisant jeter aux carrières ceux qui dédaignent ses poésies, nous faisons la part de l'exagération, et nous rions volontiers des petits vers du prince. Mais notre nature répugne à se moquer des cheveux blancs. Du reste, pour être juste, disons que c'est la dernière attaque de ce genre que se permit Béranger.

J'ai réservé pour la fin de cette étude diverses chansons patriotiques que vous connaissez toutes, messieurs : ce sont d'immortels monuments qui ne laisseront pas périr dans le peuple la mémoire de notre grandeur passée. Elles sont presque toutes de la dernière époque de Béranger. L'amour de la patrie, le sentiment de la gloire y dominent ; on y trouve de la grandeur et une noble fierté qui ne dépareraient pas une œuvre lyrique. Qui ne connaît *les enfants de la France :*

> Reine du monde, ô France, ô ma patrie,
> Soulève enfin ton front cicatrisé....

le Cinq Mai, d'une poésie si dramatique et si touchante :

> . . . .
>
> Dès qu'on signale une nef vagabonde,
> « Serait-ce lui ? disent les potentats :
> » Vient-il encor redemander le monde ?

« Armons soudain deux millions de soldats (1). »
Et lui peut-être, accablé de souffrance,
A la patrie adresse ses adieux.
Pauvre soldat, je reverrai la France,
La main d'un fils me fermera les yeux.

la Journée de Waterloo, le Vieux Sergent, le Chant du Cosaque où le patriotisme se cache sous l'ironie, et surtout les *Souvenirs du peuple*, qui sont le chef-d'œuvre de Béranger? Quoique vous connaissiez cette pièce, je ne puis, messieurs, résister au plaisir de vous la lire.

On parlera de sa gloire
Sous le chaume bien longtemps ;
L'humble toit, dans cinquante ans,
Ne connaîtra plus d'autre histoire.
Là, viendront les villageois
Dire alors à quelque vieille :
Par des récits d'autrefois,
Mère, abrégez notre veille
Bien, dit-on, qu'il nous ait nui,
Le peuple encor le révère,
Oui, le révère :
Parlez-nous de lui, grand'mère,
Parlez-nous de lui.

(1) On trouvera peut-être quelque déclamation dans ces quatre vers. J'ai noté ce défaut en son lieu. En relisant Béranger, je me suis aperçu qu'il était plus fréquent que je ne croyais, et je regrette de n'avoir pas insisté davantage.

— Mes enfants, dans ce village,
Suivi de rois, il passa,
Voilà bien longtemps de ça,
Je venais d'entrer en ménage.
A pied, grimpant le coteau,
Où pour voir je m'étais mise,
Il avait petit chapeau
Avec redingote grise.
Près de lui je me troublai;
Il me dit : Bonjour, ma chère,
Bonjour, ma chère.
— Il vous a parlé, grand'mère!
Il vous a parlé!

. . . .
. . . .
. . . .

— Mais, quand la pauvre Champagne
Fut en proie aux étrangers,
Lui, bravant tous les dangers,
Semblait seul tenir la campagne.
Un soir, tout comme aujourd'hui,
J'entends frapper à la porte.
J'ouvre. Bon Dieu! c'était lui,
Suivi d'une faible escorte!
Il s'asseoit où me voilà,
S'écriant : Oh! quelle guerre!
Oh! quelle guerre!
— Il s'est assis là, grand'mère!
Il s'est assis là!

J'ai faim, dit-il; et, bien vite,
Je sers piquette et pain bis.
Puis il sèche ses habits;
Même à dormir le feu l'invite.
Au réveil, voyant mes pleurs,
Il me dit: Bonne espérance!
Je cours de tous ses malheurs
Sous Paris venger la France.
Il part; et, comme un trésor,
J'ai depuis gardé son verre,
Gardé son verre.
— Vous l'avez encor, grand'mère!
Vous l'avez encor!

— Le voici. Mais à sa perte
Le héros fut entraîné.
Lui, qu'un pape a couronné,
Est mort dans une île déserte.
Longtemps aucun ne l'a cru;
On disait: Il va paraître;
Par mer il est accouru;
L'étranger va voir son maître!
Quand d'erreur on nous tira,
Ma douleur fut bien amère,
Fut bien amère!
— Dieu vous bénira, grand'mère!
Dieu vous bénira!

Je ferai peu de commentaires sur cette pièce: que pourrais-je vous dire qui la fît valoir? Quel moyen de n'être pas sensible à tant de simplicité, de vérité, de naturel! Quel drame se déroule sous nos yeux! Vous avez senti ces beautés autant, mieux que moi. Le peuple a accepté ces souvenirs qui lui étaient destinés, et je pourrais peut-être dire qu'aujourd'hui c'est la seule chanson de Béranger qu'il chante encore.

Il est encore une classe de chansons qui ne méritent guère ce titre, et qui sont comparables à tout ce qu'il y a de plus pur dans notre poésie. J'ai dit plus haut que l'esprit est le caractère principal du génie de Béranger, et en réalité, comme vous l'avez pu voir dans la plupart des couplets que je vous ai cités, l'esprit domine le sentiment. Dans celles dont je vais vous parler, le sentiment prend place à côté de l'esprit, et souvent même s'y montre seul. C'est surtout dans celles-là que se fait voir l'influence littéraire de Chateaubriand sur Béranger, influence dont on a exagéré l'importance, mais qui est irrécusable. *Mon habit* est dans ce genre, le premier essai de Béranger. Après cette chanson, qui n'a de la chanson que le refrain, il me suffira de vous nommer *le Grenier*, *le Dieu des bonnes Gens*, *le Prisonnier*, et surtout *les Hirondelles* et *le Voyage Imaginaire*. Je ne sais si je n'exagère pas l'impression que je ressens, mais il me semble dans ces deux dernières pièces, lire quelqu'une de ces poésies grecques si gracieuses, si délicates, si simples, où l'on ne sait ce qu'on doit plus louer, le charme des pensées ou la pureté de la forme. Ecoutez ces deux couplets, il serait plus juste de dire ces deux strophes des *Hirondelles* :

Captif au rivage du Maure,
Un guerrier, courbé sous ses fers,
Disait : Je vous revois encore,
Oiseaux ennemis des hivers.
Hirondelles, que l'espérance
Suit jusqu'en ces brûlants climats,
Sans doute vous quittez la France :
De mon pays ne me parlez-vous pas?

Depuis trois ans, je vous conjure
De m'apporter un souvenir
Du vallon, où ma vie obscure
Se berçait d'un doux avenir.
Au détour d'une eau qui chemine
A flots purs, sous de frais lilas,
Vous avez vu notre chaumine :
De ce vallon ne me parlez-vous pas ?

Je veux encore, messieurs, et ce sera ma dernière citation, vous lire un couplet du *Voyage Imaginaire* :

En vain faut-il qu'on me traduise Homère :
Oui, je fus Grec ; Pythagore a raison.
Sous Périclès j'eus Athènes pour mère ;

Je visitai Socrate en sa prison.
De Phidias, j'encensai les merveilles;
De l'Ilissus j'ai vu les bords fleurir.
J'ai sur l'Hymète éveillé les abeilles,
C'est là, c'est là que je voudrais mourir.

Cela est vraiment grec. Ne dirait-on pas un fragment d'ode anacréontique? Quelle fraîcheur et quelle grâce dans ces deux vers :

De l'Ilissus j'ai vu les bords fleurir,
J'ai sur l'Hymète éveillé les abeilles!

-

Ce que j'ai, avant tout cherché dans cette étude, c'est l'impartialité. Je n'ai jamais porté jusqu'à l'admiration et l'enthousiasme ma sympathie pour le célèbre chansonnier. Je ne me suis pas abusé sur ses défauts. Le principal est qu'il manque d'haleine. Il a feint plusieurs fois que le cadre étroit de la chanson le gêne: n'en croyons rien, il l'aide bien plutôt. La concision chez lui est souvent obtenue aux dépens de la précision et de la clarté; enfin, même dans ses meilleures pièces, le refrain est parfois mal amené. Ce défaut est surtout sensible dans le *Dieu des bonnes gens*. Mais aussi, messieurs, quelle langue! Béranger parle le plus pur français. C'est un mérite que n'ont pas toujours eu les poètes qu'on lui opposait jadis, et qu'on lui préfère aujourd'hui. Il n'a pas cru, comme eux, que tout ce qui sortait de sa plume était sacré; il pensait que le travail ne nuit pas à l'inspiration. Aussi tout est correct et sévèrement limé chez lui. Cette correction et cette élégance soutenue seront la gloire de Béranger, dans des âges où les passions politiques qu'il a chansonnées ne seront plus à l'ordre du jour. C'est par là qu'il vivra dans l'avenir.

Si Béranger aujourd'hui semble oublié, ce n'est pas que son mérite soit méconnu, c'est plutôt par réaction contre la popularité immense dont il a joui pendant qu'il vivait. Je n'ai pas à m'occuper de son caractère et de sa biographie; veuillez cependant observer quelle étrange différence entre sa destinée et celle de Musset! Celui-ci, peu soucieux de la gloire, presque méconnu de son temps, trouve après sa mort des admirateurs parmi ceux même qui peu auparavant le traitaient en enfant. Celui-là à peine mort, tombe dans l'oubli. Le grand tort de Béranger, aux yeux de notre génération, est cette avidité de la gloire : il n'appartient pas à un homme, quel qu'il soit, de se donner en spectacle, comme il l'a fait, et d'étaler en tous lieux sa théâtrale modération. Mais il serait temps, aujourd'hui que le silence s'est fait autour du tombeau de Béranger, que la postérité commençât pour lui, et qu'une plume, plus autorisée que la mienne, portât enfin un jugement impartial et fermât le débat (1).

(1) C'est à dessein, et non par oubli, que j'ai négligé toute une classe de chansons, où se montre sans doute le talent de Béranger, mais qui feront tache à sa mémoire. Que dire, par exemple, des *deux Sœurs de charité*, et de cette comparaison entre *une beauté leste et bien mise, qu'on regrettait à l'Opéra,* et ces femmes dévouées, si bien chantées par mesdemoiselles Delphine Gay et Drouet? Béranger a trop souvent méconnu les lois de la convenance et celles de la morale. *Le Fils du pape, le bon Pape, mon Curé* pourront un jour prêter à des rapprochements ingénieux entre notre poète et Piron, mais ont peu servi à la cause qu'il défendait, et n'ajouteront rien à sa gloire.

VERSAILLES - IMPRIMERIE CERF, 59, RUE DU PLESSIS.

www.ingramcontent.com/pod-product-compliance
Ingram Content Group UK Ltd.
Pitfield, Milton Keynes, MK11 3LW, UK
UKHW020400250726
13967UKWH00005B/2396